KB062068

나는 고요한 나라에 닿고 싶다

시작시인선 0470 나는 고요한 나라에 닿고 싶다

**1판 1쇄 펴낸날** 2023년 5월 26일
**지은이** 최영
**펴낸이** 이재무
**기획위원** 김춘식, 유성호, 이형권, 임지연, 홍용희
**책임편집** 박예솔
**편집디자인** 민성돈, 김지웅, 정영아
**펴낸곳** (주)천년의시작
**등록번호** 제301-2012-033호
**등록일자** 2006년 1월 10일
**주소** (03132) 서울시 종로구 삼일대로32길 36 운현신화타워 502호
**전화** 02-723-8668
**팩스** 02-723-8630
**블로그** blog.naver.com/poemsijak
**이메일** poemsijak@hanmail.net

ⓒ최영, 2023, printed in Seoul, Korea

**ISBN** 978-89-6021-714-0 04810
     978-89-6021-069-1 04810(세트)

**값** 11,000원

# 나는 고요한 나라에 닿고 싶다

최영

천년의
시작

시인의 말


부드러우면서도 칼끝 같은 시의 언어들도
좋은 시인을 찾으려는 노동을 합니다.

"이봐요 햇빛 속에 떠도는 저 먼지와 인연을 맺어 줘요
내 말이 안 들리나요 귀먹었나! 이봐요……
휴, 다른 시인을 찾아보자"

성찰을 게으르게 하면 듣지 못합니다.

# 차 례

시인의 말


**제1부** 고양이의 집과 길과 붉은 목련

제2부  그곳에는 아름다운 숲이 있습니다

**제3부** 시간을 잡으려고 택시를 탔습니다

**제1부** 고양이의 집과 길과 붉은 목련

# 옹관

박물관에
아이의 시신이 담겨 있던
뚜껑이 덮인 옹관이 있다
발견되었을 때의 흙이 말라 있고
깨진 조각들을 붙여 놓아
더욱 흉물스러운 옹관이 말을 한다

"내 의사와는 상관없이
나를 옹관으로 빚은 사람도
아무런 부장품을 넣어 줄 수 없어
봉선화 꽃 뿌려 주던 어머니도
그 어머니 곁에 머물던 아이의 영혼도
들판을 지나 강을 건너갔다

산이
아파트가 되는 시대가 됐다

또 박물관에서
수천 년을 살아야 한다"

# 또 산을 만들고


어릴 때 땅을
파고, 파고, 또 파면
다른 나라가 나온다는 말을 들었다

그 말을 믿고
생각을 파고, 파고, 또 파고 들어가다
바위를 만나듯 한 남자를 만났다

아이를 낳아도
파고, 파고, 또 파고
들어가는
습관을
버리지 못했다

내가 파서 버린 생각들을
차곡차곡 쌓으면 산이
몇 개는 된다

나는
고요한 나라에 닿고 싶다

# 이사

잠결에
쿵, 쿵 하는 소리를 들었습니다
혹시 강도가 아닐까?
무서워서 신고부터 했더니
절대로 방문을 열지 말라고 합니다

경찰이 왔습니다
총을 겨누고 플래시를 비치면서 살펴봅니다
의자에 올려놓은 화분이 깨져 있습니다
굵어진 뿌리들이
복잡하다며
화분을 민 거 같다고 합니다

나에게도
지하의 단칸방에서, 지상의 방으로,
이 층 독채로
이사 다니던 날들이 있습니다

# 연어

우리 동네는
파도를 타는 듯합니다
오르막이었다가
내리막이고

다시 또 오르면
아침에도
캄캄한 슬레이트 지붕이 있습니다

간판의 칠이 벗겨진
자장면집도 있습니다

목욕탕도
있습니다

슈퍼마켓과 수선집을 돌아서면
허물어진 담장 밑에서도 피어난 분꽃 위에
버려진 종이컵도 있습니다

나는

연어처럼 헉헉거리며
올라갑니다

# 허전함에 대해서

3박 4일 동안 여행을 하고
인천공항에 내리는데
허전하다

귀한 것들과
오랫동안 함께하지 못하고

휙휙 지나온 것만 같다
다시 떠나고 싶다

신발을
신어 본 적이 없는 원주민들과
한 달쯤 살면서

그들의 노래도 부르고
술도 마시고
별의 춤도 추고
싶다

# 화가

한 마리 새가 나뭇가지에 앉아
제 안에다 그림을 그린다
입으로 물감을
콕콕 찍어
연못, 하늘, 울긋불긋한 산, 연꽃과 갈대를……

뭐가 부족한지
고개 갸웃거리며 나를 바라본다

혹시 천천히 걷다가
잠시 서 있는 나도 넣으려나
그렇다면
작은 심장을 볼 수 있겠다

새의 눈인 창문을 열고 삶은 서로에게
융합이 되어 주기 위해 있다는
노래를 불러야지

# 고양이의 집

자정 무렵
학원에서 돌아오지 않는 아이를
골목 끝에서 기다린다

자동차 밑에서 자고 있던 고양이
인기척 느꼈는지
달아날 자세를 하고
노려본다

이른 새벽
자동차 주인이 시동을 걸면
고양이의 집은
사라진다

담벼락마다
붉은 글씨로 철거라고 적혀 있다
이 동네도
사라진다

# 길이 부처다

길은 휴머니티의 시집을 들고
커피숍에 가는 나를 받아 준다
우산을 피아노처럼 연주하는
빗줄기도 받아 준다

도둑도 받아 준다
살인자도 받아 준다
쫓아가는 경찰도 받아 준다
연약한
내 어머니를 실은 119도 받아 준다

모든 거 알고 있으면서
한 마디도 안 하는
길이 부처다

# 붉은 목련

은적사 법당과 마주 보는 저 붉은 봉오리는

합장을 한 것 같기도 하네

어여쁘게 수줍은 것 같기도 하네

슬픈 것 같기도 하네

사십구재를 마친 영혼이

봉오리 속으로 스며들었다가

장삼 자락

펄럭이며 걸어 나올 것도 같네

뿌리 끝에도

풍경 소리가 있는 거 같은

\>

붉은 목련 나무 곁을

나는

오랫동안 떠나지 못하네

# 나무 가족

굵은 뿌리로
땅을 꽉 움켜쥐고
물을 퍼 올리는 일을 하는 나무의 밑동은
아버지다

엄마는 가슴으로
나뭇가지들을
돌본다

"여보 장남이 열이 많은 것을 보니
동생들에게
어깨를 내주려고
힘을 많이 썼나 봐요"

"여보 막내도 새싹을 틔우려나 봐요
물이 더 많이
필요해요"

"어머 얘야
그쪽은

햇빛이 잠깐 왔다 가서
바람도 많고
외롭단다"

잎, 잎들은
별이 되는 연습을 한다
반짝반짝

꽃들은
까르르까르르

# 어미도 어미를 어쩌지 못한단다

함께 기도하던 도반이 이렇게 말했다

나는 가족이 행복하게 해 달라고 기도하는데 당신은
어떤 소원을 갖고 기도하지, 순간 아들에게
미안해서 울컥해진다

뇌종양인 너를 낫게 해 달라는 소원과
오래전의 석공은 갓바위 부처님을 어떤 마음으로
조각했기에 많은 사람이 몰리는가 하는
궁금증과 바꾸었단다

대학에 붙게 해 달라는 간절한 기도보다는
금성, 화성, 수성, 지구, 달, 산, 바다 어느 것도
탄생하지 않은 절대적인 어둠을
간절히 보고 싶어
한단다

보고 싶음이 짙어져서 외로움이 되는구나
꽉 찬 외로움이 펑 터져서 허공으로 흩어질 것 같은 몸을
끌고 다녀야만 하는 어미는

시인이란다

고백하건대
어미도 어미를 어쩌지 못한단다

## 분홍색 단추를 찾습니다

분홍색 코트의 소매 단추가 사라졌습니다
이곳저곳 찾다가
함께 있던
지인들의 휴대폰 번호를 눌렀습니다

"혹시, 분홍색 단추를 데리고 있나요?"

"분홍색 단추를 보면 연락 좀 해 주세요?"

생각해 보면 나도
욕망을 감당하지 못해 가족에게서 사라졌던 날이
있습니다

꽃


이십 년째 세탁소를 하면서

웃음을 잃지 않는 저 여자는 우리 동네 꽃입니다

꽃으로 오랫동안 서 있어 다리가 아프다고 합니다

뼈주사 맞으러 갈 때는 세탁소 문을 닫습니다

동네가 슬픈 듯 조용합니다

# 유산을 당한 너에게

억울해서
자주 꿈속으로 찾아오는
딸아
신발을 신지 않았구나

밤새워
시詩의 신발을 지었으니 신어 보렴
아장아장 걸어 보렴

봤니?
햇살이 펼쳐지는 것을
듣고 있니?
이슬과 꽃잎과 새들이 노래하는 것을

두 팔 벌리고
아 아 소리치며 들판도 달려 보렴
아름다운 세상이지만 뱀이 긴 혀 날름거리며
곳곳에서 노려보기도 한단다
달아나면서 하얀 병을 던졌는데
빨간 불이 솟기도 하지

\>
오, 오 딸아
세상에 나오고 싶은 너의 꿈을
가위로
싹둑 자른 죄로

어미는
시詩를 지어야만 하는 벌을
받고 있단다

# 주인을 찾아온 전생의 헌 신발들

쿵 하는 소리에 방문을 열었더니
헌 신발들이
두엄처럼 쌓여 있다……

꿈이어서 다행이다

그 많은 헌 신발들이 어디서 왔을까?
그 많은 헌 신발들이 어디서 왔을까?

나 혼자뿐인데
누가 대답해 줄까?

밤말은 쥐가 듣고
낮말은 새가 듣는다는 속담처럼
누군가가 듣겠지!

혹시,
전생에 내가 버린 헌 신발들이 아닐까?

전생들의 끝은

어딜까?

끝이 있기나 하나?

**제2부**  그곳에는 아름다운 숲이 있습니다

# 어떻게 해야 편지를 읽을 수 있을까

지난밤 꿈속에
형이 건네준 편지를 펼쳐 보지 못하고 눈을 떴습니다
꿈은 가까이 있지만 다시 또 꿀 수가 없습니다
어떻게 해야 편지를 읽을 수 있을까
곰곰이 생각해 봅니다

형 우리가 뛰어놀던 공터에 풀들이 무성하지만
저녁 먹으라고 불러들이던 어머니의 목소리가 있어
텃밭을 만들기로 했습니다

인간의 의식 깊은 곳에는 식인종 시대의 습관들도
잠재되어 있다는 형의 말이 사실인 듯
곡괭이 내리칠 때마다 크고 작은 돌에 부딪칩니다
나는 살아야 한다며 돌 같은 주먹을 불끈불끈 쥐었나
봅니다

텃밭에 꽃이 피고
나비가 오고 새가 지저귀면
형의 편지를 읽을 수 있겠지요

예쁘다, 예쁘다……


코로나 19 격리가 끝난 친구에게 전화가 왔습니다
입맛이 없어 월남 쌀국수가 생각나서
혼자 식당 가서
그 뜨거운 걸 후루룩후루룩 먹었다고

오늘, 공원에서 만났습니다
산수유꽃, 목련꽃, 벚꽃, 개나리꽃, 진달래꽃과
햇빛이 많아서
지옥도 예쁘겠다고 했습니다

까마귀가
까아악 까아악 하는 것도 예쁘다는 말이라고 했습니다

의아해하면서 입꼬리가 올라가는
친구의 얼굴에 있는
세월의 흔적도 예쁘다고 쓸쓸하게 최면을 걸었습니다

나도
쪼금 더 예뻐졌습니다

# 찌꺼기들의 힘


토요일 아침
허리가 아프다 잠을 잘못 잤나
며칠 전 용종을 떼어 낸 대장에 구멍이 생겼나
꼬꾸라지면서 비명을 질렀다

119를 타고 응급실에 왔다
음식 찌꺼기가
차곡차곡 쌓여서 돌이 되어
오줌의 길을 꽉 막고 있다는 의사의 말을 들으면서
내가 버린 것들에게
마음으로 참회의 절을 한다

카악 떼어 내서 탁 뱉은 가래,
담배꽁초, 빈 병, 아이스크림 막대기, 까만 비닐봉지,
빨간 고추의 씨앗…… 버려진 것들이
손을 잡으면

그 무엇도 된다

문


딩동……

전기나 가스를 점검하러 오는 날도 아닌데
교를 믿으라는 사람들인가
벨을 누르다가 돌아서겠지
딩동……

베란다에서 살핀다
뒷집에 산다는 아가씨
구겨 신은 운동화에 체육복을 입고 있다
마트에 간다고 나왔는데
대문이 쾅 닫히는 순간 열쇠를 두고 나왔다는 것을
알았다고 한다

난감하다
우리 집 담장이
옆집의 담장보다 더 위험하다고 했다
아가씨는 발을 동동 구른다

예전에도 그런 적 있었다는 듯

빠르게 담 위로 올라가는 모습을 보면서 생각한다

허공에도 문이 있구나
뭉게구름에게도 문이 있구나
전선줄에 앉아 재잘거리는 새에게도 문이 있구나

나도 초인종을 누른다
딩동

대추꽃 봉오리가 문을 연다

# 마녀의 숲 1


아름다운 숲이 있습니다
여자가 어스름 녘에 약수터에 왔습니다
이튿날 아침
등산객이 시체와 흥건한 피를 발견했습니다

경찰은 지랄하려고
어스름 녘에 물 뜨러 왔냐고 중얼거립니다
구청에서 나온 사람들은
아름다운 숲의 이미지가 나빠진다며
9시 뉴스에
나가지 못하게 막았습니다

또 강간 사건이 일어났습니다
경찰은 이번에도
지랄하려고 산에 혼자 왔냐고 합니다

이후 인사를 주고받던 등산객들은 서로를
의심합니다
혹시 잡히지 않은 그 범인인가!

\>

지랄하려고의 말도
숲 밖으로 빠르게 전염이 됩니다


숲은
마녀의 얼굴처럼
여전히 아름답습니다

# 마녀의 숲 2


숲이 마녀처럼 주문을 외운다

예뻐져라 너도 나도
울긋불긋해져라

비바람이 휘몰아쳐서
굶주린 까마귀들도 날개를 펴고
하늘을 훨훨 날아라 먹어도 먹어도 줄지 않는
낮달로
배를 채워라

한이 많은 귀신들도
예뻐져라
예뻐져라

교도소를 탈출해서 마녀의 숲에 숨은 탈옥수의 마음도
예뻐져라 예뻐져서
자수를 해라

\>

예뻐져라

예뻐져라

# 입에서 벚꽃이 방글방글


친구는 스위스에서
닥종이 인형 전시회를 성황리에 마쳤다
손가락이
나뭇가지처럼 휘어져 있지만
입에서는 벚꽃이 방글방글 핀다

"가족을 소중히 여기는 목사님 집에 머물렀는데
밤에는 술을 마시러 다니기도 했어
한국의 목사님들은
신도들 눈치를 많이 봐서 답답하다고 하더라
수익금으로 유럽 여행을 다녔고
닥종이로
예수님
만드는 것도 가르쳐 줬어"

낮에는 간병사
밤에는 닥종이 인형을 만드는
친구의 인생에 벚꽃이 릴레이처럼
피기를

고맙다


공원 옆에 있는 골목, 화장이 짙은 여자가
세워 놓은 자동차 뒤에 쪼그리고 앉아
담배 연기를 내뿜는다
인기척에 흠칫하더니
한 손으로
넘어지는 낡은 가방을 뒤뚱거리며 붙잡는다

숨어서 담배를 피워도
부처님 손바닥 안의 11월
바람이 많이 불어서
커피를
한 잔도 못 팔았나 보다
몸을 흥정하는 늙은 사내도 없었나 보다

어떡해서라도
끝까지
살아 내려는 노력이 고맙다
고맙다

# 바퀴에 대하여 1

나는 왜?
자동차 바퀴만
바퀴라는 고정된 생각을 했을까?

해도
지구를 돌고 또 도는 바퀴인 것을

내 마음도
그 사람의 집까지 가서
서성거리다
덜컹거리며 되돌아서는 것을

몇 번은
더 갔다 와야 조금 잊히는 것을

# 바퀴에 대하여 2

술 취한
바람이 나뭇가지를 휘어잡아서
한쪽으로만 굴린다

술 취한
아버지에게 저런 모욕을 당하고도
어머니의 배가
바퀴처럼 불러 왔다

바퀴가
사랑에 빠지면
부릉부릉거린다

# 영화를 보면서

《파리 텍사스》《베를린 천사의 시》《시간의 흐름 속으로》
오늘은 영화만 본다
친구가 한심스러운지

시詩에 미치더니
이젠 영화에 미쳤냐
돈에도 미쳐 보라고 한다

조용히 해
나는 바다 건너에 있는 나라의 저수지 물길을

내 안으로 열어 놓고 있어!

# 3층에서 뛰어내린

집에 가겠다며 3층에서 뛰어내린 치매 환자가
온몸에 깁스하고도 침대에서 내려오니
끈으로 묶입니다

환자님, 지금부터 인정하는 삶을 살아야합니다
첫사랑을 생각하면 아직도 가슴이 두근거리나요
"인정"

아내를 많이 때렸나요
"인정"

그동안 사신다고 힘드셨죠
"인정"

약 드시고 주무실 시간입니다
"인정"

한참 후
잠드신 줄 알았는데
손목을 요리조리 돌리면서 묶은 끈을 풀고 있다

# 나는 감자 속에도 있다

어머니가 안 계시니
풀밭인지
감자밭인지
구분하기가 어렵다
풀밭을 헤집으니

어머니의 치맛자락을 잡고
사진을 찍은
다섯 아이들의 얼굴 같은
감자 다섯 개가
나온다

꿈을 꾸느라고
부스럼이 생긴
감자도
있다

# 섬 1

일행은 배 타고 5분 만에
이수도 섬에 도착을 했다고 좋아합니다
머나먼 수평선까지 가고 싶은
나는 섬입니다

펜션에 짐을 내려놓고
둘레길을 산책합니다
해풍에 이리저리 휘어진 소나무를 두고
발걸음이 떨어지지 않아서 또 섬이 됩니다

결국 빨리 좀 오라는
야단을 맞습니다

수국꽃, 개망초꽃, 나리꽃 속에 있어도
나는 꽃이 될 수 없습니다

일몰을
기다리는 나에게 다가오는 건
파도뿐입니다

# 인연

11월의
해인사에 왔습니다
큰스님을 친견하고 견성을 했는지
점검을
받으려는 것이 아닙니다

예전에 인연 맺어 놓은
바람에 솟구쳐 오르는 낙엽과 물소리, 새소리
하늘이 보고 싶어
동행에게
해인사에 가자고 졸랐습니다

동행의 줄어든 키와 굽은 허리
나는 괜찮다, 괜찮다
괜찮다 해도
코끝이 시큰해지는 건 인연이 소중하기
때문입니다

한 달쯤
아무것도 그리워하고 싶지 않아서
해인사에 왔습니다

**제3부** 시간을 잡으려고 택시를 탔습니다

## 그 나라에서 제일 아름답습니다

어머니
하늘도 미세먼지 없게 해 달라는 기도를 합니다
오늘은 간절함이 이루어져서
파란 물감이 흘러내립니다

바다가 받아서
촘촘히
베를 짜는 소리 들어 보세요
쏴아아 철썩철썩……

갈매기와 낮달과 파도와 물결의 무늬도 넣은
파란 천을
가위로
싹둑싹둑 잘라서 몸뻬 바지만 입던
어머니의 옷을 만들었습니다

입어 보세요
잘 어울립니다

그 나라에서 제일 아름답습니다

# 가을비

가을비가
감나무를 목욕시키고 있다

구석에 있는 잎들까지 찾아서
묵은 때를 밀고
뿌리까지 씻긴다

어머니가
주머니 없는 옷을 입던 날에도
가을비가 왔다

# 들국화

이젠 알아요
정말 알아요
그 깊은 밤 왜
혼자서 눈물을 흘려야 했는지

비바람 불고 천둥이 칠 때 무서웠어요
당신 거기 없냐고 소리쳤죠
어서 나에게 와 달라고 울부짖었죠

하지만 아무도 찾아 주지 않는
봄과 여름의 계절

이젠 알아요
정말 알아요

찬 서리 맞으며 피어난 사랑이
아름답다는 것을

당신도 달려오지
못할 절박함이 있었다는 것을

# 열쇠


내 마음은 열쇠입니다
어머니의
자궁문을 열었고

가난 때문에 책가방을 버렸지만
시인의 문을 열었고

계단이 높은
신문사의 문을 열었고
화려한 방송국의
문을 열었고

까다로운 독자들의 마음도
딸칵, 딸칵, 딸칵 열었습니다

마음은
우주의 수많은 문을 여는
열쇠입니다

# 용서

오랫동안 연락이 없던 친구에게 전화가 왔다
이런저런 안부를 묻더니
남편이
심장마비로 죽었다고 한다

외국에서 급히 돌아오던 아들은 비행기에서
코로나 19에 감염이 되었고
문득 내가 보고 싶은데
충격 때문인지
이름과 연락처가 생각나지 않아서
애를 먹었다고 한다

지금은 그깟 일로
화를 내고 단절을 했나 싶지만
친구가 이해 안 되던 날들이 많았다

나는
세월에게 용서를 배웠다

# 어떤 죽음


나는 이 남자가 곧 죽을 것이라 했고
동료는 죽으려면 멀었다며 내 말을 무시했다

나는 죽기 위해서 음식을 완강히 거부하는
남자의 확고한 마음을 봤고
동료는 들숨과 날숨이 가팔라야 죽는다는 것만 알고 있다

코로나 19 때문인지 면회 오는 사람이 없다
남자도 죽음이 두려운지 휴대폰의 뚜껑을
열고 1번을 누른다

저쪽에서 무어라 하는지 어, 어, 어만 한다
그뿐 무엇으로도 죽음에 대해 위로받지 못한다

3일 후 남자가 죽었다
창문 틈으로 들어오려던 굵은 빗줄기도 멈췄다

# 시월

높은 산에 있던 단풍이
마을로 내려오니
들판의 벼들이 노란 손으로
박수를 칩니다

미국인 선교사
리차드 사이드 보텀 부부가
우리나라에
처음으로 피아노를 들여온 사문진 나루터에도
피아노 100대가 왔습니다

임동창 님이 지휘를 하고
세계적인 음악가들이
연주를 합니다

바람, 강물, 코스모스와 사람들이
하나가 됩니다

시월, 그다음은
아직 가 보지 않아서
모릅니다

# 노랗게 웃는 민들레

염증에
특효라는 민들레가
소나무 숲에 많다

이튿날
이웃에게 호미를 빌려서 왔다

카톡

문인수 선생님의 부고와
민들레는 노랗게 웃는다는 시詩가 떴다

도저히
민들레를 캘 수가 없다

# 봄비

이층집
사겠다는 꿈이 잘려 나간 곳에
새싹이 돋아나라고

봄비가 부슬부슬
내린다

그날


박상봉 시인과
젊음을 빼앗아 달아나는 시간을 잡으려고
택시를 탔습니다
모두가 잃어버린 것 찾으려고 합니다
교통이 막혔습니다

가창에서
김용락 시인, 이하석 시인, 천병석 시인과
합류했습니다
쫓기는 시간은 불안했는지
빼앗은 것을 휙 던집니다

하늘, 산, 들판, 꽃, 새들이 받아서
가슴에 꼭 안았는지
눈이 시리도록 아름답습니다

지친 우리는
메기매운탕을 먹었습니다
'다강산방'에 가서 폭포 소리와 죽로차로
잡다한 정보를 듣는

>
귀와 마음도 깨끗이 씻었습니다

# 분꽃

비가 부슬부슬 내리는 날
메밀전 위에
분꽃 두 장을 얹어 막걸리와 마시고
낮잠을 잤다

퇴근한 남편이
"이상하네?
당신에게서 분꽃 냄새가 나네"

아하, 돈 안 되는 시 쓴다고 눈치 주는 남편의
밥숟가락 위에도
분꽃을 얹어 줘야겠다

# 약속

아침 공양 하고 가라고 붙잡는 손 뿌리치며

꼭 지켜야 할 약속이 있다며, 첫차를 타기 위해

입김도 얼어붙는 산을 내려오신 스님

30분이나 늦었다며

돌아가지 않고 기다려줘서 고맙다며

쩔쩔매던 모습

보고 싶다

# 마음 찾기 1

지하철을 탔다
이렇게 많은 사람들도
해바라기꽃
마음을 갖고 있겠지

중앙역에 내렸다
지하에도
마음을 들여다본다는
대나무가 꽂힌 무당집이 있다

가죽 구두와 재킷들은
소와 양의
마음이었으리라

나는
지금까지 사용하던 마음보다
더 좋은 마음을 찾고 있다
값을 묻고
흥정할 수 있을까?

\>
수, 수많은
마음들이 있는
서점

김진명의 소설
『미중전쟁』 앞에
섰다

# 마음 찾기 2


가게 앞에서
목탁을 치는 여승
선생님이 장래 희망이 무어냐고 물었을 때
스님이요 하던
승희다

동대문 시장에서 옷 도매로
많은 돈 벌었지만
허한 속 달랠 수 없어
남편에게 새 여자 붙여 주고
아들은
유학을 보냈단다

승희는
정해져 있는 팔자를 바꿀 수 없었다며
하얀 손수건에
얼굴을 묻고
울고

나는 어깨

토닥거려 주며
울고

# 외나무다리

같은 꿈을 또 꾸었다

이쪽 산과 저쪽 산을 연결해 놓은
외나무다리 앞에
우두커니 서
있
었
다

어두워지는데
눈발이 휘날리는데
어떻게 건너갈까
달아날까 궁리하며
우두커니 서
있
었
다

혹시, 살아 있을 때 또 죽고, 죽어야만
진정한 나를 만날 수

있다는 거 아닐까

오늘도
나를 건너간다

**제4부** 얼굴 없는 몸으로도 말을 할 수 있도록

# 괴물

오늘은
세상이 괴물로 보인다
몸은 하나지만 입은 수, 수만 개가 달려 있다
입들이 혀를 날름거리며 욕망을 드러낸다

"곧 대선이 있으니
나는 표를 얻는 일에만 몰입해야겠어"
"나는 입술이 뭉개지도록 키스를 할 거야"
"나는 6년 근무하고 퇴직금을 50억 받았어 흐흐……"
"나는 비에 젖고 싶어"

천둥과 번개를 앞세운 빗줄기가
게릴라처럼 몰려와도
떠내려가지 않는
괴물

# 결핍 1

마주 앉은 지인이
결핍이 있어야 글을 잘 쓴다고 한다

나는 결핍의 어미다 하며 웃었다

사랑이 모자라서 태어난 결핍아
책을 주랴
달을 주랴
언제나 노란 단무지를 주랴……

범종 소리가 모두를 구한다고 겹겹의 산을
어제도
오늘도 넘어오지만

세상은 결핍 천지구나
네온사인 천지구나
탯줄을 주렁주렁 달고 버려지는구나
달려가고 달려오는 앰뷸런스 소리가 끊이지
않는구나

>
책,
달,
단무지
무엇을 선택하든
우리는 쓸쓸하게 아프구나

# 결핍 2

빤히 보여도
살아서는 만져 볼 수 없는
하늘처럼

빤히 보여도
살아서는 내 것으로 만들 수 없는
서울역 앞에 있는 빌딩들을 보면서 태어난
결핍아

달도 해님 앞에서 결핍이 됐구나
핼쑥해진 달을 닮은 동전을 행인들과 바람이
지나쳐서
내가 주웠단다

연필을 살 때 쓸쓸하게
도움이 됐단다

어느 결핍이 살인을 했다는
9시 뉴스

# 저 가을 하늘은 얼마인가요

단풍나무가 지키고 있는 공원에는 연못이 있다

예술회관이 있다

노숙인들과 빨간색의 밥차가 있다

자원봉사자도 있다

오래된 빨간 코트를 입고 색소폰을 부는 남, 여가 있다

커피를 팔려고 화장을 짙게 고치는 여자도 있다

장기판 대여해 주고 돈을 받는 남자도 있다

나도 모르게 소리쳤다

여러분

저 가을 하늘은 얼마인가요?

## 목수와 아내

봄이라고 들어온 한 줌 햇살이
아내의 눈밑에 있는 기미를 환하게 비추고 있다
궁핍을 가슴에 묻었으리라

그러고 보니 함께 있다는 것만으로도 즐거워하더니
눈에 들어간 톱밥 빼 주려고 후 후 불어도 달아오를
줄 모른다
길보다 낮은 집으로 들어오던 잡다한 비닐봉지와
강인 줄 알고 들어왔던 빗물이
우울하게 했으리라

다섯 살이나 어린 아내
둥근 창틀만 만드는 나를 위해 수제비 반죽을 해 놓고
물뿌리개로 화분에 우주를 줄줄이 준다
우주 아닌 것이 없다는 걸 어떻게 알았을까

혹시 아내의 몸속에
또 하나의
내가 있는 거 아닐까

# 창문을 만드는 사람

"띵똥"

암세포에게 온몸을 내어 준 여자다
내가 보내 준 시詩 한 편이 창문이라는
문자를 보냈다

진통제를 맞고 창문을 보니
감성이 팍팍 깨어난다고
이 창문이 영원했으면 좋겠다고

나도 감촉, 빛깔, 향기, 맛, 소리, 생각마저 없어
욕심이 붙은 적이 없는 곳을 볼 수 있는
창문을 만들겠다고 했다

하지만 이틀, 일주일, 한 달이 가도 완성이 안 된다
며칠 더 기다려 달라는 문자를 또 보냈는데
답장이 없다

여자의 이름이
단체방에서 사라진다
빌어먹을!

# 임금님은

성당못은,
조선 중엽 채씨 성을 가진 판사가 살던 터전이다
국풍*이 이곳을 지나가다
임금이 태어날 명당으로 보고 궁궐로 가서 상소를 올렸다

임금님은 채 씨를 쫓아내고
그 누구도 집을 짓지 못하도록 연못을 만들었다

나는
하늘, 산, 정자, 분수, 연꽃, 새 떼와 예술회관을 품은
연못이 임금님으로 보인다

산책을 하는 백성이 많으니 기뻐서
"여봐라
색소폰으로 〈아모르파티〉를 연주해라" 하는 거 같다

* 국풍: 나라에서 지정한 풍수.

## 나도 숙성 중

엄나무 순 장아찌를 보고 알았다
가시도 잘 삭히면 부드럽다는 것을
입에 넣으면 살살 녹는다는 것을

너무 짜지도 시지도 않은
더덕장아찌, 마늘장아찌, 깻잎장아찌, 매실장아찌,
가죽장아찌의 맛처럼

사랑도 정이 되도록 숙성시켜야 한다는 것을
세월이 인생을 장아찌의 맛으로 만든다는 것을

나도
숙성 중이라는 것을

## 술은


벼는 익을수록 고개를 숙인다
나도 잘 익었는지
허리와 목이 동그랗게 굽어 있다


3시간 일하는 간병사는
내 눈 속 들여다보고 또 식사 대신에 술로
마음을 익힐 거라고 한다
나는 어눌한 손짓으로 술을 마셔 보라고 어, 어 했다
혹시 수면제를 탔냐는 농담에
푸 후 후 했다
얼마 만에 웃어 보는가


간병사가 퇴근을 할 때
문밖에서 문을 잠그는 소리는 언제나 크게 들린다
딸칵, 또각또각 멀어지는 발자국


낡은 소파에 앉아서 텔레비전만 보다가
나무늘보처럼 일어선다
술이 있는 식탁까지가 한 생이구나
자식들이 찾아오지 않아도 괜찮다

괜찮다고 인내를 갖게 해 주는 술은 친구도 가족을 위해서
나쁜 짓을 했을 거라며 이해하게 해 준다

또 한 잔을 마신다

ㅋ ㅋ ㅋ




1
묘를 이장하는 날, 강원도에서
아버지의 뼈를 포대 종이에 싸서 첫차를 타고 온 오빠는
객지에서 죽은 사람의 뼈는 집 안에 들여놓지 않는다며
담배 창고 처마 끝에 매달아 놓고 밥을 먹으러 갔다
지나가던 이장이

"저것이 뭐고?
혹시 간첩이 접선하기 위해?"

이장님이 사다리 타고 올라가서 포대 종이 펼쳐보다
어머니에게 들켜서 고개 숙일 때도
엉겅퀴꽃은 ㅋ ㅋ ㅋ거리며 피어났다

2
고개가 꼿꼿한 부장님과 실장님을 복도에서 마주쳤다
"안녕하세요"

잠시 후,
부장님보다 나이가 열 살은 많을 것 같은 실장님이

황당한 표정으로 나를 찾았다

"인사를 잘할 수 있도록 교육을 시키라는 명령을 받았어"
"저 인사했는데요"
"사실은 나도 하는 것을 봤어 하지만 '인사를 하던데요'
하면 말대꾸했다고 한다"

쩔쩔매는 실장님을 보면서
ㅋ ㅋ ㅋ거리며 피던 엉겅퀴꽃이 생각났다

# 숨바꼭질

아들이 뇌종양 수술을 해야 된다는 연락을 받고
의무관인
중대장을 만났습니다

"예, 아니오, 로 결정하세요. 군에서 수술을 하겠습니까?"
"아니요."
"민간인으로 하겠습니까?"
"네."

오전 아홉 시에 수술실로 들어갔습니다
4시간이 지났습니다
군복과 군화 끌어안고
닫힌 문틈으로 또 들여다봅니다
잘해 주지 못한 것만 보입니다

창밖에는 눈발이 휘날립니다
비둘기도 꽃이
다 떨어진 꽃밭에서 먹을 것 찾아 구구거립니다

밤 열두 시가 넘었습니다

문이 열립니다

달려가 보니 다른 환자, 의자에 털썩 앉을 때 내 넋도 숨

어 버립니다


찢겨서 나뒹구는 신문에도

우크라이나의 어머니가

무너진 건물 틈으로 들여다보며 아들의 이름을 부릅니다

## 무조건 복종


수녀님이 되어서
잃어버린 마음을 찾겠다던 친구에게서
얼룩진 엽서가 왔다

봄날, 꽃모종을 하는데
선배 수녀님이
뿌리가 하늘을 바라볼 수 있게 심으라고 했단다
의아해하다

아, 꽃이 하늘을 바라볼 수 있도록 심으라는 말이구나
그리고 꽃이 하늘을 바라볼 수 있도록 심었단다

한참 후,
무조건 복종하라는 큰 야단을 맞았다고

나도 빠른 엽서를 보냈다
무조건 복종은
빠르게 4차 산업으로 변하는 시대의 안목을 작게 만든
다고

\>

하지만 엽서를 잘못 보낸 것 같기도 해서

생각이 많아진다

# 얼굴 없는 몸으로도 말을 할 수 있도록

필연인가
경북대학원에서 청강하게 됐다
첫날은 비가 내렸다

강의실 찾는다고 허둥거리다 캠퍼스를 둘러보지 못했다
둘째 날은 4시간 일찍 왔다
자유로운 학생들을 하염없이 바라본다
이어폰 꽂고 음악도 듣다 보니
어스름해진다

타박타박 걸어서
플랫폼 같은 야외 박물관까지 왔다
고인돌 속에 누워 있던 사람도
달과 별들을 사랑했겠지

저렇게 많은 부처들의 목은 왜 잘렸을까
얼굴 없는 몸으로도
말을 할 수 있도록 섬세하게 조각한 석공은
환생했을까

>
나는
누구일까

# 석탑의 귀퉁이

삼 층 석탑의 귀퉁이가 보이지 않습니다
그 무엇의 궁금증이 꽉 차서
기회를 보다가
든든한 자아를 밀쳐내고 사라졌을까요

그렇게 몇 세기가 흘렀지만
삼 층 석탑은
하염없이 기다립니다

혹시 키 작은
내가
그 귀퉁이 아닐까요

아, 어머니

# 나의 외투는 몇 벌인가

계곡의 물이
여기저기 놓여 있는 바위에 부딪칩니다
아파라 아파라 소리치면서도 아래로만
내려갑니다

나도 가쁜 숨을 몰아쉽니다
기어코
오르려는 것도 비우는 거라고
당당하게 말합니다

큰스님이 사용하시던
발우, 숟가락, 주장자, 누더기 옷을
하염없이 바라보며
나의 외투는
몇 벌인가 헤아려 봅니다

가 보지 않은 길에 대해선
말하지 않으렵니다

# 생활이라는 삶, 삶이라는 생활

조동범(시인)

삶의 안부를 묻는다. 하나의 삶을 이루는 하루하루를 떠올린다. 그곳에는 아무렇지도 않게 펼쳐지는 일상이 있고, 지난한 삶의 현장인 생활이 있다. 생계와 살림으로서 생활은 현실로서의 삶을 의미하며 우리에게 전달된다. 생활이라는 말은 삶이라는 단어에 비해 현실적인 감각을 강조하며 다가온다. 그리하여 그것은 언뜻 시적인 세계 밖에 있는 것으로 이해되기도 한다. 삶이라는 말이 갖는 미적 감각과 다른 것으로 파악되는 경우가 많다. 하지만 시는 생생한 삶의 현장인 생활을 기반으로 비롯되는 법이다.

생활을 드러내는 시 언어는 거창한 것을 말하려 하지 않는다. 사소한 것들에 주목하고 아무것도 아닌 일상을 이야기한다. 그러나 사소함은 결코 가벼운 것이 아니다. 당연히 비문학적인 순간 역시 아니다. 오히려 시는 사소함을 통해 우리 삶의 진짜 모습을 보여 주려 하는 법이다. 물론 이때 사소한 생활은 시인의 시적 의지 안에서 조직된 것이어야만 한다. 그랬을 때라야 사적 언어는 아무것도 아닌 것을 벗어나 비로소 문학적인 '사건'이 된다.

최영 시인은 무심하게 스쳐 지나갈 수 있는 세계를 포착하려 한다. 생활이라는 소재를 발견하는 것은 쉬워 보이기도 하지만 그것은 결코 간단한 문제가 아니다. 여기에는 언제나 의도된 시인의 의지가 개입되기 때문이다. 물론 최영 시인이 언제나 생활을 기반으로 한 작품을 창작하는 것은 아니다. 시인은 생활의 일면 이외에 삶을 꿰뚫고 통찰하는 언어를 우리 앞에 부려 놓기도 한다. 그리고 그것을 통해 그의 시는 깊이를 획득하며 사유의 더 넓은 지점으로 나아가려 한다.

우리 동네는
파도를 타는 듯합니다
오르막이었다가
내리막이고

다시 또 오르면
아침에도
캄캄한 슬레이트 지붕이 있습니다

간판의 칠이 벗겨진
자장면집도 있습니다

목욕탕도
있습니다

슈퍼마켓과 수선집을 돌아서면
허물어진 담장 밑에서도 피어난 분꽃 위에
버려진 종이컵도 있습니다

나는
연어처럼 헉헉거리며
올라갑니다

—「연어」 전문

최영 시의 언어는 작고 사소한 것들을 포착하여 시적 세
계를 구축하려 한다. 이곳에 있는 것은 '슬레이트 지붕'이거
나 '자장면'이거나 '슈퍼마켓' '목욕탕' '수선집' '종이컵' 등이
다. 이것들은 지난한 삶을 이어 온 이들의 거처이며 세계이
다. 시인이 응시한 남루함은 우리 삶이 정직하게 투영된 장
소다. 아마도 "캄캄한 슬레이트 지붕" 아래는 고단한 삶이
이어지고 있을 것이다. 그리고 동네 사람들의 추억 한 조각
인 자장면집의 간판 칠은 벗겨진 지 오래다. 간판의 칠이 벗
겨져 색이 바랜 것처럼 기억 속 동네는 퇴락한 모습이다. 그

러나 무심한 듯 자리 잡은 추억의 장소는 어느덧 우리의 감
각을 장악하며 고단한 삶을 조망한다.

그리하여 아무것도 아닌 일상의 공간을 소박하게 제시하
는 일은 유의미하다. 아무것도 아닌 것만 같은 그곳에서 시
적 순간은 성큼성큼 걸어 나오고, 독자들은 어느덧 시인이
마련한 미의식의 입구에 당도하게 된다. 생각해 보면 「연
어」의 공간을 이루고 있는 곳들은 우리가 가장 흔하게 접할
수 있는 장소이다. 우리를 둘러싼 이러한 공간은 시의 재료
로서 충분하지만 그것을 통해 미적 인식을 드러내기는 결
코 쉽지 않다. 미적 인식과 거리가 멀 것만 같은 평범함으
로부터 우리의 폐부를 찌르는 예술적 자극을 조직하는 것
이 어렵기 때문이다.

그것은 마치 스투디움의 가운데 푼크툼을 발견하는 것과
같다. 평온하고 평범한, 우리가 담담하게 받아들이는 것이
바로 스투디움이다. 반면 우리의 폐부를 찌르며 강한 자극
을 주는 것이 푼크툼이다. 롤랑 바르트가 『카메라 루시다』
에서 정립한 용어인 스투디움과 푼크툼은 문학과 예술의 미
적 인식과 깊은 연관을 맺는다. 예술 작품은 푼크툼을 드
러내야 하는데, 그것을 통해 작품의 수용자가 미적 인식을
느낄 수 있기 때문이다. 하지만 푼크툼을 자극적인 것만으
로 오해해서는 안 된다. 문학이나 예술 작품에 나타나는 푼
크툼은 독자와 관객에게 미의식과 연계된 '미적' 충격을 느
끼게 하는 것이기 때문이다. 따라서 서정적인 작품에도 얼
마든지 푼크툼은 존재한다. 서정의 가운데 느끼는 미적 감

동과 전율 등이 바로 그것이다. 최영 시인의 작품은 스투디움을 근간으로 하고 있으며 그것을 통해 푼크툼이 나타난다. 언뜻 푼크툼이 아닌 것처럼 보이지만 의도된 스투디움의 세계를 통해 푼크툼을 만든다. 물론 이 시집에는 생활 속 사소함 이외에도 '죽음'과 같은 강렬한 푼크툼이 작동하기도 한다.

　　박물관에
　　아이의 시신이 담겨 있던
　　뚜껑이 덮인 옹관이 있다
　　발견되었을 때의 흙이 말라 있고
　　깨진 조각들을 붙여 놓아
　　더욱 흉물스러운 옹관이 말을 한다

　　"내 의사와는 상관없이
　　나를 옹관으로 빚은 사람도
　　아무런 부장품을 넣어 줄 수 없어
　　봉선화 꽃 뿌려 주던 어머니도
　　그 어머니 곁에 머물던 아이의 영혼도
　　들판을 지나 강을 건너갔다

　　산이
　　아파트가 되는 시대가 됐다

또 박물관에서

수천 년을 살아야 한다"

—「옹관」전문

　여기 오래된 죽음이 있다. 죽음은 너무나 오래되었기에
흔적도 없고, 남은 것은 옹관의 깨진 조각뿐이다. 그러므로
오늘 마주한, 먼 옛날 시신을 담았던 옹관은 어떠한 두려움
도 만들어 내지 못한다. 오히려 옹관을 통해 고요하고 평화
로운 어떤 순간과 맞닥뜨리게 되었는지도 모를 일이다. 최
영 시인이 파악한 죽음이 스투디움의 감각을 소환한다는 점
에서, 그것은 사소함 속에서 발견하는 미적 인식과 유사한
작동 원리를 가진 것이다. 죽음을 대하는 시인은 조금의 흔
들림이나 망설임 없이 시적 대상과 일정한 거리를 유지한
다. 그리고 시적 대상과의 거리를 통해 스투디움 속 푼크툼
을 은밀하게 선보인다.
　우리는 「옹관」의 오래전 죽음을 통해 삶의 본질을 떠올린
다. 시인은 죽음과 같은 소재를 「연어」에서와 같은 사소한
시적 국면과 교차시킴으로써 다채롭고 폭넓은 세계를 펼쳐
보인다. 박물관의 옹관은 지금의 우리 삶에서 멀리 떨어져
있는 것만 같다. 물리적 시간의 거리만큼이나 옹관 속 죽음
역시 무감각하게 느껴지기도 한다. 그저 그곳에 죽음이 있
었고, 그것이 죽음 이전에 누군가의 삶이었을 거라는 점만
무감하게 다가올 뿐이다. 여기에 죽음에 대한 격정적 감정
은 개입되지 않는다. 죽음을 바라보는 화자는 시간의 간극

만큼 감정의 거리 역시 유지하고 있는데, 바로 이곳으로부
터 시적 인식의 첨예함은 비롯된다.

은적사 법당과 마주 보는 저 붉은 봉오리는

합장을 한 것 같기도 하네

어여쁘게 수줍은 것 같기도 하네

슬픈 것 같기도 하네

사십구재를 마친 영혼이

봉오리 속으로 스며들었다가

장삼 자락

펄럭이며 걸어 나올 것도 같네

뿌리 끝에도

풍경 소리가 있는 거 같은

붉은 목련 나무 곁을

나는

오랫동안 떠나지 못하네

—「붉은 목련」 전문

「옹관」이 과거의 죽음이었다면 「붉은 목련」은 현재의 죽음이 깃든 붉은 목련을 조망한다. 여기서 우리가 주목해야 하는 것은 세계를 파악하고 응시하는 시인의 태도이다. 시인은 「붉은 목련」에 등장하는 시적 대상을 객관적 상태로 파악하고자 한다. '붉은 목련'에 대해 시인의 감정이 개입되거나 해석하는 부분은 모두 가정법으로 처리하고 있는데, 가정법을 통해 '붉은 목련'에 대한 주관적 감정과 해석은 유예된다. 그리고 이렇게 유예된 '붉은 목련'에 대한 화자의 태도는 "붉은 목련 나무 곁을// 나는// 오랫동안 떠나지 못하네"라는 객관적 사실을 적은 짧은 문장으로 마무리된다. 이 때문에 「붉은 목련」은 감정의 과잉으로부터 벗어날 수 있게 된다.

시인은 아무것도 아닌 것만 같은, 삶이 끝난 뒤에 이른 죽음은 허망한 것이라고 말한다. "합장을 한 것 같기도" 한 붉은 목련을 통해 "사십구재를 마친" 한 젊은 영혼을 떠올린다. 하지만 다만 그뿐이다. 죽음에 대한 감정을 토로하거나 애도하지 않는다. 화자 앞에는 그저 아직 개화하지 않은, 열리지 못한 세계인 목련이 있을 뿐이다. 「붉은 목련」은 평온하다. "사십구재를 마친" 죽음은 담담하게 놓여 있고 죽음이 곁에 있는 봄의 풍경도 차분하고 고요하다. 격정적인 감정의 일렁임은 이곳에 없다.

봄을 대하는 태도는 물론이고 죽음을 이야기할 때도 시인의 감정은 요동치지 않는다. 하지만 요동치지 않는다고 하여 감정의 일렁임이 없거나 적은 것은 절대 아니다. 시인은 그저 감정을 절제한 채 객관적인 태도를 유지할 뿐이다. 이런 태도 역시 스투디움과 연관된 것이다. 일상의 소박한 공간은 물론이고 시적 대상과 소재 또한 스투디움이 전면에 드러난다. 이처럼 시인은 스투디움을 시의 전 영역에 배치하여 그곳으로부터 푼크툼이 발생할 수 있도록 시를 조직한다.

오랫동안 연락이 없던 친구에게 전화가 왔다
이런저런 안부를 묻더니
남편이
심장마비로 죽었다고 한다

외국에서 급히 돌아오던 아들은 비행기에서
코로나 19에 감염이 되었고
문득 내가 보고 싶은데
충격 때문인지
이름과 연락처가 생각나지 않아서
애를 먹었다고 한다

지금은 그깟 일로

화를 내고 단절을 했나 싶지만

친구가 이해 안 되던 날들이 많았다


나는

세월에게 용서를 배웠다

—「용서」 전문


    삶의 지난함은 죽음으로 이어지며 종언을 고하고자 한다. 생활이라는 스투디움으로 이루어진 시인의 시적 여정은 친구 남편의 죽음을 이야기하며 종언을 고하는 듯하다. 죽음조차 스투디움의 시선으로 응시하고자 하는 시인의 태도는 「붉은 목련」과 유사하다. 하지만 「붉은 목련」이 사유로서의 삶을 기반으로 하고 있는 반면 「용서」는 일상생활의 구체적 국면을 기반으로 한다. 그렇기 때문에 「용서」에 등장한 죽음에는 현실적인 생활의 단면이 선명하게 드러난다. 물론 시에 등장한 이야기나 문체가 사적 담화의 양상을 강화하기도 한다. 하지만 생활을 근간으로 한 시가 언제나 공적 담화의 양상으로 드러날 필요는 없다. 최영 시인의 시에서는 생활이라는 사적 담화가 곧 시를 이끌고 구축하는 중요한 요인이 되기 때문이다.


11월의

해인사에 왔습니다

큰스님을 친견하고 견성을 했는지
점검을
받으려는 것이 아닙니다

예전에 인연 맺어 놓은
바람에 솟구쳐 오르는 낙엽과 물소리, 새소리
하늘이 보고 싶어
동행에게
해인사에 가자고 졸랐습니다

동행의 줄어든 키와 굽은 허리
나는 괜찮다, 괜찮다
괜찮다 해도
코끝이 시큰해지는 건 인연이 소중하기
때문입니다

한 달쯤
아무것도 그리워하고 싶지 않아서
해인사에 왔습니다

—「인연」 전문


생활이라는 삶을 이야기하는 시인이 가 닿고자 하는 곳은
어디인가? 단순히 생활의 지난함을 말하고자 작고 사소한
이야기에 집중한 것은 아닐 것이다. 앞에서도 이야기한 것

처럼 시인은 생활의 사소함을 있는 그대로 보여 주는 그곳으로부터 시적 정서를 탄생시키려 한다. 물론 그것은 결코 쉬운 일이 아니다. 하지만 사소함의 가운데 시적 의지를 표면화하고자 하는 것은 시인이 시적 의지 자체라고 할 수 있다. 그러나 굳이 생활 속 사소함만을 고집할 필요는 없는 법이다. 대부분의 시는 단선적인 시선이나 태도를 지양한다. 하지만 이러한 태도를 버리지 못한다면 시적 구조는 이내 단조롭게 고착화된다. 시는 두 개 이상의 중첩된 세계가 복합적으로 나타나는 섬세한 구조물이다. 그랬을 때라야 다층적 세계를 통해 깊이를 확보할 수 있게 된다.

「인연」에 이르러 시의 언어와 세계는 생활을 초월한 지점으로 나아가려고 한다. 당연히 종교적 소재에 기댄 것만으로 초극의 세계관이 나온 건 아니다. '해인사'라는 공간과 "큰스님을 친견"하는 장면이 등장한다고 종교적 깊이를 획득하는 것도 아니다. 오히려 「인연」의 깊이를 만드는 것은 "낙엽과 물소리, 새소리"이며 누군가에 대한 그리움의 정서이다. '해인사'라는 공간적 배경이라는 점이 중요하기는 하지만 그것은 단지 공간일 뿐이다. 시인은 공간에 특별한 의미를 부여한다거나 공간을 통해 철학적 사유를 드러내려고도 하지 않는다. 그저 '해인사'에 갔을 뿐이라고 말한다. 최영 시인의 작품은 이처럼 종교적 소재를 다룰 때에도 대상과 사건의 표면화된 현상에만 주목한다. 당연히 여기에서도 거리감이 발생하며, 그것이 시의 미학적 토대가 된다.

지금까지 우리 주변에서 흔하게 볼 수 있는 생활로서의

삶을 살펴보았다. 시의 언어는 자칫 포즈를 취하기 위해 생활을 버리거나 생활 중에서 좀 더 근사한 것들을 찾기 쉽다. 그러나 최영 시인은 생활이라는 생생한 삶의 현장을 날 것 그대로 우리 앞에 내어놓는다. 그것은 마치 잘 벼린 칼로 회를 뜨는 것과도 같다. 살아 있는 죽음인 회가 우리 앞에 놓일 때처럼 시에 나타난 생활이 생생하게 펼쳐진다. 롤랑 바르트가 이야기한 스투디움과 푼크툼을 떠올린다. 최영 시인은 푼크툼을 구축하고 조직하는 시인이 아니라 스투디움을 주된 시의 질료로 사용하는 시인이다. 그러나 스투디움으로 빚은 시 언어와 세계는 이내 빛나는 예각이 되어 우리의 폐부를 찌른다. 예각은 깊지 않지만 그것은 잊을 수 없는 음각이 되어 분명한 인상으로 남는다. 그것이 바로 최영 시인의 푼크툼이다. 그리하여 그의 시가 남긴 흔적은 생활 속 풍경 이곳저곳에 남아 잊을 수 없는 기호를 만들어 낸다. 여기 생활이라는 삶이 있고, 삶이라는 생활이 있다. 최영 시인이 포착한 것들을 생활이라고 이야기하든 삶이라고 이야기하든 그것은 중요하지 않다. 생활이든 삶이든 모두 생생한 현장성을 지닌 것이기 때문이다. 그런 진짜 현장의 한가운데 최영 시인의 작품이 있다.